兰亚明明

诗选

常春藤诗丛

吉林大学卷

李占刚　包临轩　主编

兰亚明　著

陕西新华出版传媒集团
太白文艺出版社（西安）

图书在版编目（CIP）数据

兰亚明诗选 / 兰亚明著． -- 西安：太白文艺出版社，2020.12

（常春藤诗丛．吉林大学卷）

ISBN 978-7-5513-1916-4

Ⅰ．①兰… Ⅱ．①兰… Ⅲ．①诗集－中国－当代 Ⅳ．①I227

中国版本图书馆CIP数据核字（2020）第237734号

兰 亚 明 诗 选

LAN YAMING SHIXUAN

作　　者	兰亚明
责任编辑	侯　琳
封面设计	不绿不蓝　杨西霞
版式设计	杨西霞
出版发行	陕西新华出版传媒集团
	太 白 文 艺 出 版 社
经　　销	新华书店
印　　刷	三河市双峰印刷装订有限公司
开　　本	787毫米×1092毫米　1/32
字　　数	88千字
印　　张	8
版　　次	2020年12月第1版
印　　次	2020年12月第1次印刷
书　　号	ISBN 978-7-5513-1916-4
定　　价	45.00元

联系电话：029-81206800

出版社地址：西安市曲江新区登高路1388号（邮编：710061）

营销中心电话：029-87277748　029-87217872

一座城的诗意纯度

——《常春藤诗丛·吉林大学卷》序言

城市是一部文化典藏大书，其表层和内里都储藏着大量文化密码，需要有文化底蕴、有眼光的人去发现和解析，将来还可以通过引入大数据手段来逐一破解。譬如，长春就是这样一座城。吉林大学等高校的大学生诗歌创作群体及其毕业后的持续活力所形成的高纯度的诗意氛围，使得长春在中国文化地理版图上扮演着不可或缺的角色，称其为中国当代诗歌重镇，毫不为过。呈现在眼前的这部诗丛，就是一份出色的证明。

20世纪80年代以降，以吉林大学（以下简称"吉大"）学生为突出代表，涌现出了一批长春高校诗歌创作群体。他们的深刻影响力、持久的创作力，为长春注入了经久不衰的艺术基因和特殊的文化气质。只要稍稍留意，就会强烈地感受到这一点。

诗歌不是别的，而是形而上之思的载体。这是吉大诗歌创作群体的一个共识和第一偏好。对诗歌精神的把握近乎本能，将其始终置于生命与世俗之上，成为信仰的艺术表达，或其本身就是信仰，在这一点上从未动摇和妥协，从未降格以求。这，让我想到了一个词：纯粹。

是的，这种高度精神化的纯粹，对艺术信仰的执念，对终极价值不变的执着，成为吉大诗人的普遍底色。几十年来诗坛流变，林林总总的主张和派别逐浪而行，泥沙俱下。大潮退去，主张大于作品，理论高于实践的调门仍在，剩下的诗歌精品又有几多？但是吉大诗人似乎一直有着磐石般的定力，他们将灵魂立于云端之上，精神皈依于最高处，而写作活动本身，却低调而日常化。在特立独行的诗歌路上，他们始终有一种浑然忘我的天真，身前寂寞身后事，皆置之度外。"我把折断的翅膀／像旧手绢一样赠给你／愿意怎么飞就怎么飞吧。"（徐敬亚《我告诉儿子》）这是一种怎样不懈的坚持啊！但是对于诗人来说，这却是再自然不过的事情。苏历铭说："不认识的人就像落叶／纷飞于你的左右／却不会进入你的心底／记忆的抽屉里／装满美好的名字。"（苏历铭《在希尔顿酒店大堂里喝茶》）这并不只是怀旧，更是对初心的一种坚守和回望。我同意这样的说法，艺术家的虔诚，可能不是他自己刻意的选择，而是命运使然。虔诚，是对信仰与初心的执念，是上苍的旨意和缪斯女神在茫茫人海中对诗人的个别化选择，无论这是一种幸运，还是一种不幸。不虚假、不做作，无功利之心，任凭天性中对艺术至真至纯的渴念驱策，不顾一切地攀上理想主义的巅峰。诗歌，是他们实现自我超拔和腾跃的一块跳板。吉大诗人们，就是这样的一个群体。

诗歌扮演的角色，在时代中经历着起起落落。当它被挤压到时代边缘时，创作环境日趋逼仄，非有对艺术本体的信仰和大爱，是不可能始终如一地一路前行的。吉大诗人从不气馁，而是更深沉、更坚忍，诗歌之火，依然燃烧如初。当移动互联网推动了诗歌的大范围传播，读诗、听诗和诗歌朗诵会变得越来越成为时尚风潮的时候，吉大诗人也未显出浮躁，而是不以物喜，不以己悲，保持着原先的步伐，从容淡定，一如既往。这从他们从未间断的绵长创作历程中可以看出来，他们的创作越来越与时俱进，思想和技艺的呈现越来越纯熟，作品的况味也越来越复杂和丰厚。王小妮、吕贵品和邹进等人笔耕不辍四十年，靠的不是什么外在的、功利化的激情，而是艺术圣徒的禀赋，这里且不论他们写作风格的差异。

徐敬亚轻易不出手，但只要他出手，无论是他慧眼独具的诗论，还是他冷静理性与热血澎湃兼备的诗作，都会在诗坛刮起旋风。苏历铭作为年龄稍小些的师弟，以自己奔走于世界的风行身影，撒下一路的诗歌种子。其所经之处，无不迸射出诗性光辉，并以独一无二的商旅题材，在传统诗人以文化生活为主题的诗歌表现领域之外，开拓出新的表现领域，成为一道颇具前沿元素的崭新艺术景观。他从未想过放弃诗歌，相反，诗歌是他真切的慰藉和内心不熄的火焰。他以诗体日记的特殊方式，连续地状写了他所经历的世事风雨和内心泛起的重重波澜。所以，在不曾止息的创作背后，在不断贡献出来的与时俱进的诗境和艺术场域的背后，是吉大诗人一以贯之的虔诚。这种内驱力、内在的自我鞭策，从未衰减分毫！

吉大诗人的写作在总体上何以能如此一致地把诗歌理解为此生安身立命的精神家园，而不含杂质？恐怕只能来自他们相互影响自然形成的诗歌准则，在小我、大我和真我之间找到了贯通的路径，可以自由穿行其间。例如吕贵品眼下躺在病床上，仍然以诗为唯一生命伴侣，每日秉笔直抒胸臆。在他心中，诗在生命之上，或与生命相始终。在诗歌理念上，他们是"六经注我"，而非"我注六经"。主观意象的营造，化为对客观物象的指涉；主观体验化为可触摸的经验；经验化为细节、意象和场景，服从于诗人的内心主旨。沉下身子的姿态，最终是为了意念和行为的高蹈，就像东篱下采菊，最终见到南山，一座精神上的"南山"。

但是在写作策略上，吉大诗人则又显出了鲜明的个性差异，可称之为复调式写作、多声部写作。在他们各自的写作中，彼此独立不羁，他们各自的声音、语调、用词、意境并不相同，却具有几乎同样不可或缺的个性化地位，这是一个碎片式的聚合体。不谋而合的是，他们似乎都不喜欢为艺术而艺术，而艺术背后的玄思，对精神家园的寻找和构建，对诗歌象征性、隐喻性的重视，似乎是他们共同的用力点和着迷之处。他们从不"闲适"和"把玩"，从不装神弄鬼，也不孤芳自赏地宣称知识分子式写作；他们对"以译代作"的所谓"大师状"诗风从来避之唯恐不及。但是他们的写作却天然地具备知识分子式写作的基本特征，那就是独立自为地去揭示生活与时代的奥秘与真相，发掘其中隐含着的真理和善。这一切，取决于他们知识结构的深层背景，取决于个体的学识素养和独到见地。他们的写作饱含着悲天悯人的基本要素，思绪之舟渡往人与天地的彼岸，一种无形的舍我其谁的大担当，多在无意间展现，所以想不到以此自许和标榜。例如所谓"口语化"写作，是他们写作之初就在做的最自然不过的事情，在他们那里，这从来就不是一个学术问题。

"口语化"运动本质上是个伪命题，诗怎么会到语言为止？诗歌是从语言层面、语言结构出发，它借助语言走向无限远。口语，不过是表达和叙述的方式之一，是一个小小的、便利读者进入的入口而已，对于跨过诗歌门槛的人来说并不玄妙。诗坛的常青树王小妮说："这么远的路程 / 足够穿越五个小国 / 惊醒五座花园里发呆的总督 / 但是中国的火车 / 像个闷着头钻进玉米地的农民……火车顶着金黄的铜铁 / 停一站叹一声。"（王小妮《从北京一直沉默到广州》）这是口语化的陈述，写作态度一点都不玄虚，压根就无任何"姿态"可言，它们是平实的，甚至是谦逊的。这既非"平民化"，也非"学院派"，但是我们明白，这是真正的知识分子式写作，这是在"六经注我"。这陈述的背后，有着作者的深切忧思、莫名的愁绪和焦虑，有促人深思或冥想的信息。

吕贵品、苏历铭的诗歌一般说来也是口语化的，但他们也从来不是为口语而口语。徐敬亚、邹进、伐柯们的诗歌写作，似乎也未区分过什么"口语"与"书面语"。满怀沧桑感的邹进说："远处，只剩下了房子／沙鸥被距离淡出了／现在，我只记得／有一棵蓝色的树。"（邹进《一棵蓝色的树》）伐柯说："一株米兰花在雪地主持的葬礼／收藏你所有站立不动的姿势。"（伐柯《圣诞之手》）这是诗的语言，诗的特有方式，他说出你能懂得的语言，这就够了。说到底，口语与非口语的落脚点在于"揭示"，在于"意味"。"揭示"和"意味"才是更重要的东西。而无论作者采取什么形式，这形式的繁或简，华丽或朴素，皆可顺其自然。所以，对于吉大诗人的诗歌写作，这是叙述策略层面的事情，属于技巧，最终，都不过是诗人理念的艺术呈现罢了。倒是语言所承载的理念本身，其深邃性和意味的繁复，需要我们格外深长思之。

当诗人选择了以诗歌的方式言说，那他就只能把自己的全部人生积累，包括他的感悟、经历、知识、生活经验和主张无保留地投入诗歌之中。吉大诗人对诗歌本体的体认上，在诗歌创作的"元理念"上，有着惊人的内在默契，这可能和一所学校的校风有着内在的、密切的关联。长春这座北方城市与北京、上海、成都、重庆、武汉都不一样。坐落于此的吉大及其衍生出来的诗歌文化，没有海派那种市井文化和开放前沿的混杂气息，也没有南方诸城市的热烈繁茂，所以在诗歌风格上从不拖泥带水，也无繁复庞杂的陈述，而是简明硬朗，显出北方阔野的坦荡。同时，与北京城的皇城根文化的端正矜持相比较，长春的诗歌文化也没有传统文化上的沉重负担，更显轻松与明快。用一位出生于长春的诗评家的话说，流经白山黑水之间的松花江，这一条时而低吟时而奔涌、气势如虹的河流，塑造了吉大诗人的文化性格，开阔、明快而又多姿多彩。所以就个体而言，他们虽然从共同的、笔直的解放大路和枝繁叶茂的人民大街走出来，但一路上，他们都在做个性鲜明的自己，一如他们毕业后各自的生活道路的不同。而此时，与吉大比邻的东北师范大学的诗人们，也沿着我们记忆中共同的大街和曾经的转盘路，徐徐靠拢过来。这里有三位——以《特种兵》一诗成名的郭力家，近些年来在语言试验上反复折腾，思维和语句颇多吊诡，似乎下了不少功夫；李占刚的单纯之心依旧，这位不老的少年，却总有沧桑的句子，令我们惊诧不已："你放下的笔，静静地躺在记忆里／阳光斜射在记忆的一角／那个下午，室内无边无际。"（李占刚《那个下午——致托马斯·特朗斯特罗姆》）；任白则是一位思考深邃、意象跳跃的歌者，他的那首《诗人之死》令人印象深刻，洞悉了我们隐秘而痛楚的心："我一直想报答那些善待过我的人们／他们远远地待在铁幕般的夜里／哀怨的眼神击穿我的宁静。"

所以，从长春高校走出来的诗人，有一种与读者精神相通和平等交流的诚挚，他们以看似轻松、便捷的方式走近读者、走进社会。其实，每一首谦逊的诗歌的内里都深藏着骄傲而超拔的灵魂。其本意，或许是力求一种不动声色的引领，将艺术的奥秘和主旨，以对读者极为尊重的平等方式，给出最好的传达之效和表达之美。在艺术传达的通透、顺畅与艺术内涵的高远、醇厚和深远之间寻找平衡。正是这样一种不断打破和重新建立的尝试、试验的动态过程，正是这种不仅提供思想，还同步提供思想最好的形式的过程，推动了他们诗歌创作的前行和嬗变。

这，应该是长春城市文化典藏中潜藏着的密码的一部分。诗歌的纯度，带给这座城市强大的精神气场。作为中国当代先锋诗歌重镇之一，长春的高校与上海、北京、武汉、成都等地高校的诗歌创作形成了共振，成为中国朦胧诗后期和后朦胧诗时代的重要建构力量，构成了中国当代诗歌一段无法抹杀的鲜亮而深刻的记忆。就诗人本身而言，大学校园及其所在的城市是他们各自的诗歌最初的出发地。现在，他们都已走出了很远，身影已融入当代诗歌的整体阵容当中。其中，一串人们耳熟能详的响亮名字，已成为璀璨的星辰，闪耀于当代诗坛的上空。我因特殊的历史机缘，对这些身影大多是熟悉的，也时常感受到他们内在的诗性光辉。他们在大学校园中悄悄酿就了文化的、艺术的基因，慢慢丰盈起来的飞翔于高处的灵魂，无论飞得多高远，我似乎都可以辨识出来。它们已化为血液，奔流于他们的身心之中，隐隐地决定着他们的个性气质和一路纵深的艺术之旅。

包临轩

2018 年 3 月 10 日

目录

辑一
我的心是只小船

1

辑二
人在旅途

辑三
梦开始的地方

辑四
西出阳关

辑五
闲言碎语

辑一

我的心是只小船

清晨　不再是梦

太阳露珠般颤动

敲响自鸣钟

清晨　鲜灵灵

不再是梦

希望在黄昏时播种

黎明飘起橘红

像锦绣　像旌旗　像飞鹰

载着无声的音响

降落在每一扇窗

每一扇家门前

轻叩门扉

把一颗颗心儿唤醒

清晨　思维不再编织疲惫的梦

推开窗

踏碎沙发床边的憧憬

走向阳光

走向风

天空是一块大玻璃

趴在窗台上

我拿出藏起的小锯条

躲过妈妈的眼睛

锯那油过的窗棂

让一片片被分割的天空合在一起

天空是一块大玻璃

太阳留下了画

月亮写下了诗

冲出烟囱的一股股黑烟

却随意涂抹着

我哭了　云蘸着湿漉漉的风

擦拭着

我把太阳种进花盆

夜来了　长出一枝梦

马蹄莲在窗前开放

我用手罩着

怕它飞去

扑棱棱　惊醒梦中的星星

记忆

我还记得那朵小花
我还记得那个早上

露珠中的太阳
被我踏碎了
一道道金辉在脚下流淌
我弯下腰　从草地上
捞起一捧捧湿漉漉的阳光
抹在脸上

透明的小风
是一群调皮的孩子
扯一条条淡雾
跑过我的身旁
绕着玉米的红缨

轻轻地缠绑

林中的小路很湿润
绿叶相互敲打着
发出清脆的声响
醉了的天空
一片红霞
引人无限遐想

随手摘朵小花
捧在手里　细细端详

清晨　一缕阳光

清晨　一缕阳光

蠕动着　爬上了庄稼院的泥巴墙

它从镶着玻璃的窗口

悄悄地向里张望

屋里　只有一个人

一个刚会爬的孩子

坐在炕上

脸上挂着笑

手里拿一根线棒

用嘴啃着

像是咬糖

外屋一阵盆碗的声响

孩子咧开嘴

刚哭了几声　要爬

周围却是妈妈

用棉被和枕头

筑起的墙

一缕缕阳光

拥挤着　爬到孩子身旁

把他搂在怀里

拭着挂满晶莹泪珠的面庞

孩子睡了

睡得那样甜　那样香

捉蜻蜓

一只蜻蜓　像是倦了
落在篱笆上　一动不动
整个躯体浸满阳光
我走过去
屏住呼吸　脚步轻轻
风和云停止了
只有心在跳动
扑通！扑通！

我把手伸过去
伸向那美丽的精灵
对准红色的尾巴
食指和拇指刚要捏拢
蜻蜓飞了
飞得那样悠闲

飞得那样轻松

我耸耸肩
两手使劲儿地插进了兜中
调皮的蜻蜓飞了
飞得无影无踪
可为什么　那飘转的身影
至今还牵着我的思绪
那透明的翅膀
还在我眼前扇动着

写

拿起笔　我
轻轻地　轻轻地写
嘴里还一个劲地叨咕着
轻些　再轻些
怕把纸划破
因为它是一张揉皱的纸
再也经不起蹂躏与折磨

写着写着
我嘴唇一阵颤动
手一重　竟又把纸划破
流出了一股鲜红的血

徘徊

月光下　我徘徊着
脚慢慢地抬　轻轻地落
怕把身边的影儿惊跑

喉头一痒　几声咳嗽
震得树上的雪唰唰地掉
惹得门口的狗汪汪地叫
当我把月光关在门外
影儿也乘机溜掉
陪我上床的　只有心中的烦恼

雨后

每根松针都挑着一粒雨滴
每株小草都捧着一颗露珠
每粒雨滴里都跳荡着一轮太阳
每颗露珠里都有七色彩虹

每根松针下都有一棵大树
每株小草下都有一片泥土
大树支撑着把雨滴托起
被泥土滋养的小草在风中欢呼

不要摇落树上的雨滴
不要踏碎草上的露珠

帆

我的心是一只小船
驶向美丽遥远的彼岸
希望是牵帆的绳索
信念是升起的风帆

狂暴的海风袭来
扬起的帆鼓得满满
像是胀起的胸膛
砰地崩成条条碎片

廉价的帆破了
船儿在海浪中打旋
牵帆的绳索松动了
船儿面临着覆没的危险

就这样结束了吗

船还在　上面竖着桅杆

快把那碎片拾起

用新的思维重新把它补连

我是一棵白杨

我是一棵白杨
一个不曾被记忆的形象
我在大森林的风雨中
默默生长

我是一棵白杨
一个一笔就可以勾画的形象
无边的林海里
我发现了自己的贮藏
一具正直的身躯
充满了无数弯曲的经历
每道年轮
都锁满雨雪风霜

一切都是那样艰难

当我和同伴弯起臂膀

抹去空中的云朵

撕下片片阳光

山风便发出一阵欢呼

每片绿叶

都为欢乐摇响

我是一棵白杨

一个向阳而生的形象

我拥抱大地

也绝不拒绝阳光

在大地和蓝天之间

我是一段支撑的脉管

流着绿的血液　　红的阳光

我愿

我不愿做雄鸡
无休止地歌唱黎明
我不愿做猫头鹰
在暗夜里哭号不停

春风吹来了万紫千红
我愿做一只蜜蜂
扇动透明的翅膀
拎着采集花粉的小桶
嗡嗡地哼着小调
整日忙碌在花丛
尽管筋疲力尽时
伏在花茎上悄然逝去
不曾在这世界上留下姓名
我却相信

那飞舞的灵魂会看见

人们脸上有我酿出的笑容

当乌云铅块般压向头顶

我愿做只苍鹰

挥舞两把青色的剑

搏击那厚重的云层

尽管翅膀会被折断

喷射的血浆会把乌云染红

但我依然相信

一道血光就是一道闪电

断裂的翅膀也会激起雷声

从雷电炸裂的缝隙里

人们一定会瞩望到蔚蓝蔚蓝的天空

我不愿做雄鸡

无休止地歌唱黎明

我不愿做猫头鹰

在暗夜里哭号不停

给朋友

太阳落下了
月亮还会升起
在月光照不到的地方
星星出现在那里
天上有一万颗星星
暗夜里就有一万把火炬

不要小瞧了自己
我们和其他人同样高低
不要用我们的屈膝
凸现别人的高大
更不要用撕碎心灵的笑脸
去陪衬别人的得意

我们就是月亮

我们就是星星

黑暗中替代了太阳的价值

如果你还感到沉闷　就推开窗吧

望着夜空中的星星

找一找　哪一颗是你

昨天　今天　明天

昨天不是逝去的流水

悄悄而过

岁月沉重的车轮

碾出道道印辙

足迹跳荡的音符

谱写着一曲古老而年轻的歌

歌声从遥远飘向遥远

心灵的旷野

拥有着绿色的收获

今天不是一瓶玫瑰酒

倒进高脚杯　高高举起

希望在摇荡中

化作几颗溅落的酒滴

又被轻轻抹去

今天　是运动场上刚刚画出的起跑线

是一根紧紧绷起的弓弦

凝聚的力　从这里冲击终点

一声呼唤

暴风雨卷起阵阵狂澜

明天也不只是一本日历

挂在墙上

绿色的日子过后

又是一个时髦女郎的微笑

伴着一个红色的休息

明天　黎明咀嚼着梦的芬芳

撕碎夜幕　踏响山峦

挽起风　高扬万面飞舞的旌旗

随阵阵海潮

迎接一个神圣而庄严的诞生

昨天　今天　明天

一串串响亮的音符

追赶着希望

负上雁阵的翅膀

在万里蓝天

书写一个伟大的形象

海思

波涛亲吻陆地的当儿
我诞生了一份诗情
　　　　——题记

惊天动地的轰鸣已经过去
遗落的宁静又唤起了新的向往

一簇簇跳动的火焰
翻滚着　　追逐着岸的诱惑
吻　　神圣的一瞬
酬报了千里万里的奔跑

云之梦在礁石上跌落了
桅杆挑起了海的希望
船载起航者的脚印
不可毁灭的激情汹涌着

风雕刻着绿色的旋律
浪花溅起音符的回响

鸥鸟翻飞
在波涛与蓝天之间
架起一道滚动的桥梁
蓝天挣脱了乌云
依偎在大海软绵绵的怀抱里

太阳疲倦了
从浪尖上滚落
睡在波涛里

夜掏出面纱
悄悄罩上大海的胸膛
乌云纠集在岩石后
诅咒星光

夜消散了
黎明接受了一声声喘息的邀请

完成着一次又一次伟大的征服

大海摇荡着新生儿的浴盆
一朵浪花又分娩了一轮太阳

在春天的气息里

寒冷被冻死在冬天

春　蠕动着

从冰雪的震悸中醒来

缘着脉根　缓缓爬上枝头

一株跳动的嫩芽

书写着一行赞美太阳的诗句

河水冲决冰的封锁

一路低语

叹息不再浮上水面

被鱼追赶着的

串串泡沫

凝成圆润的记忆

沉入水底

松动的泥土在春的呼唤下

隐隐喘息

田垄排列着

千百年来　搓衣板一样

揉搓着庄稼人的希望

如今　布谷鸟衔起种子

飞向原野

听蚯蚓唱歌

希望在春天的气息里生长

城里的风

急匆匆推开封闭的窗

撩起纱帷

绕过马蹄莲

扶步履蹒跚的老爷爷走下楼梯

随芳蝶般的女孩

寻找春的故事

歌声与笑声挽起情侣们的手臂

扯起翩翩风衣

沿林间小路

走向了一片幽静的草地

在春天的气息里

歌声无须高昂

只要轻轻哼起

便充满生机和活力

叶儿不只是摇曳

让露珠化作声声唏嘘

花儿也不只是微笑

让蜂蝶在蕊中尽享安逸

就连抑郁的云

也抛弃了怅惘

化作清清雨滴

落入永恒的翠绿

春天有一株嫩芽

大地就有一片绿色的甜蜜

大地有一万株鲜花

春天就有一万缕生机

心灵的窗口一旦打开

蒸腾飘洒的芳香

丝丝 缕缕

缕缕 *丝丝*

在春天的气息里呼唤春天

心 —— 风筝

我的心像只风筝

被调皮的姑娘牵在手中

她走　我走

她停　我停

她跑几步

还回头望着我

我便快活地向上飘升

可我不知道

这细细的线儿

是否纺进了七分的嘲弄

待那三分情丝断落

我该是怎样

翻转飘摇在那凄冷的天空

我的心是只小船

我的心是只小船
停泊在静静的港湾
在潮水的摇荡中
倾听着大海对岸的眷恋

一个夏日的黄昏
你坐在海边
秀发披拂
怀着浪花般纯净的希望
望着我　也望着波涛
迎着海风沉思
突然　你站了起来
踏着沙滩优美的曲线
赤着脚
微笑着走向我的心灵

我的心是只小船

载着你　扬起了远航的风帆

你没有祝愿

我没有誓言

在目光与情感的交流中

我们都只是相信

阳光没有阴谋

蓝天没有欺骗

大海的波涛尽管汹涌

但船儿在不懈的拼搏中

必将　到达希望的彼岸

我的心是只小船

你是我征程的伙伴

我们相互依偎着

两颗心合成桨橹

在风与浪的颠簸中

摇啊摇

摇散了晚霞

摇落了星光

也摇来了一个个橘红色的希望

无题

青天里的那朵云哟
你飘来荡去
孤寂吗

茫茫人海中的你哟
拥来挤去
不累吗

风来了
那云散了

浪来了
你不见了

云儿散了

落下了她破碎的心

你不见了
留给了我一段情

云儿破碎的心
在荒漠中绽放出一点碧绿

你留给我的那段情
在我孤寂的心中点燃了一缕相思

写给你

不经意间

我总是想起你

犹如想起那缕阳光

想起那株茉莉

你的轻柔与芬芳

令人陶醉　令人沉迷

不经意间

我总是想起你

犹如想起那阵清风

想起西天的那片晚霞

你不是匆匆而过便是远在天边

令人困惑　令人叹息

我真想时时想起你

又想把你永远忘记
因为在这绵绵的思念中
总有几分苦涩　几分甜蜜

日夜　山水　情思

日有多长

夜有多长

被追逐的太阳

追逐着月亮

月亮让星星钻出

悄悄站岗

升起来　落下去

月亮洒下清辉

太阳播种辉煌

路有多长

水有多长

悄然隆起的山峰

在平庸的大地上

耸起脊梁

亦柔亦激的江河
心甘情愿地
在山的脚下
缓缓流淌

情有多长
思有多长
情思绵绵
把日夜连起
山复水绕
抵不了情思如风
随怦怦之心
追向重洋

写一首诗给你

那是一个初秋的傍晚

夕阳烧红了半边天空

晚霞漫漫

落花融入流水

山坡下的那条小河

慢慢流淌　深沉而又舒缓

河边的草地上

我和你

走着　散散漫漫

几乎每一步

我们都互看一眼

陶醉于彼此的美丽

不经意间　你弯下腰

折下一束山花

举在我面前

让我闻　让我看

我痴痴的目光

却落在了你的脸上

一阵鞭声响起

羊群呼地从天边拥来

那汲水的声音　沁人心脾

望着天上的云　地上的云　水中的云

你的脸上

也泛起了红云

你说　写首诗给我　好吗

语音袅袅　如晚风轻柔

我点了点头　没说什么

写在情人节

是情人，还需要什么节日
不是情人，节日又有什么意义
商人们炒来炒去，把所谓的情人们
炒得噼啪爆响，烘托这尘世的
喧嚣

在这喧嚣中
不曾被冻僵的太阳
在春风中依然灿烂
束束阳光
飘散着玫瑰花香
香风如雨
坠入人梦
温馨而绵长

星星是摇荡的金铃

你的名字

化作串串悦耳的音符

在我全部梦境中振荡回响

辑二

人在旅途

爱只能用爱去耕耘

为了收获的耕耘是疲惫的
为了结果的爱情是卑微的

谷雨时种下的那颗心
如今正经受着风雨

播种时既已说好
我们都不该忘记

爱与被爱都是幸福的
耕耘永远只是一个过程

你说　我是一座孤岛

你说　我是一座孤岛
在大海的包围中
望着满天星斗
听潮涨潮落

我说　我是一片陆地
在大海的尽头
苦苦地瞩望
望着你
我心中的偶像

浪　涌来了
风　追逐着
海鸟翻飞
你却静静地

静静地守望着

属于你　也属于永恒的那份孤独

面对你的孤独

我的心中涌动着阵阵酸楚

在浪的鼓动下

悄悄融入海水

随阵阵潮汐

一次又一次把你拥抱

我是一个傻瓜

我盼着　听着

可你嗫嗫嚅嚅

什么都不说

当一个冷字出口

我兴奋得不知该怎样

赶紧把衣服脱下

披上你的肩头

可你却依然冷

依然瑟缩

我不懂你的真实

不懂你的暗示

不懂你珍存心底的那份冲动

你说你命苦

说你没人疼爱

我却直愣愣地
瞪着充满天真的大眼
陈述着梦话般的表白

我是个傻瓜
一个十足的大傻瓜
只知道心里充满激情
却不知道
如何向你说出一句话
一句你盼来盼去
至今还不曾听过的话

你不要责怪我

你不要责怪我
责怪我一见到你
就激动　就兴奋　就瑟缩
冬日的清晨
太阳一露出笑脸
清霜瑞雪
哪一片不为之消融
为那热烈
为那清纯

你不要责怪我
责怪我一想到你
就欣慰　就充实　就丰润
因为月上柳梢
每一份思念都价值连城

每一丝期盼都一念千金

为了那激动
为了那兴奋
你不要责怪我
责怪我的幼稚与天真
即使我泪流满面
即使我晕了过去
你也一定谅解
谅解我的真诚
谅解我那颗赤裸裸的心

失约

我们说好了的
你等我
我来了
你却不在

岸边的那株白桦树
瞪着惊愕的眼
望着湖面摇曳的荷花
和荷花边停泊的那只小船

你不在
我的心空空荡荡
犹如那只空荡荡的小船
不知漂向何处

你不在

我一个人

独倚着白桦树痴痴地站了一会儿

走了

没走几步

我回过头来

凝视着那树那船那满湖摇曳的荷花

猛然间

我抓起一把石子

呼叫着

呼叫着一种没有语言的声音

挥动臂膀

把它们抛向湖面

多余的痛
—— 写给自己

明知这牵挂是多余的
明知这疼痛是多余的
明知再浓烈的情也将被世俗冲淡
明知再诚挚的心也将被偏见挤扁
可是你这个不知轻重的人
非要将自己干涸的心
再挤出一滴血
非要将已萎缩的情
再疯长出一片艳丽

云总要被风吹散
风总要被树阻拦
涌进喉咙的真诚
却哽在那里

让你说不出一句话来

往外跳的是心
向上涌的是血
能够放任宣泄的是泪水
却又被男人的尊严
苦苦地压下去

望不见的那个身影
带着怦怦的心走了
你　收拢目光
回过头
却依旧在原地徘徊

只为看你一眼

我是个败军之将
是个不被君王召见的臣子
即使从千里之外催马而来
即使宫门外千呼万唤三叩九拜
如铁的宫门依然紧闭不开

八面威风的君王啊
我千里万里赶来
不为辩解罪责
不为开脱失败
更不为
喊几句颂词
诉几声无奈
只为
见你一面

哪怕只看一眼

也了却了我的千愿万愿

只看一眼

我的眼也就闭了

我的心也就安了

即使是身首异处

即使是碎尸万段

不散的魂魄

也将会含笑九泉

可是　宫门似铁　紧闭不开

宫门外我转来转去

依然等待

不敢想你

怕西天高悬的那钩弯月
勾起沉落已久的忧思
怕满天星斗骤然闪烁
让灵魂坠入迷离
怕你的名字若云若仙
袅袅婷婷飘然而至
更怕清泪无声
浸透娟绣鸳鸯的双枕
夜来了　我不敢想你

不敢想你
仅仅是在夜里吗
即使黎明
雄鸡高唱
霞光万缕

露珠在风中摇动

太阳从大海上升起

我依然还是怯生生地

不敢想你

我不敢想你

是怕露珠从叶间滑落

怕那份清纯

摔得粉碎

从此　便再无踪迹

怕无羁的心灵

冲出胸膛　让点点滴滴的殷红

随霞光飘逝

我不敢想你

又不能不想你

因为你是一轮太阳

在我心灵的天空

没有你

一切都会变得苍白而疲惫

多想炸一道霹雳

让我也勇敢地喊一声

我想你！

满足

人是否已飘然而去
笑声是否已经停歇
就连她的心在哪里
都不要介意
只要你的心能生出一缕阳光去追寻
就够了

附上云朵的阳光
是不选择天空的
只要能飞翔
就是一片辉煌

你在梦里

日里　千寻万觅
总见不到你
夜临了　你却悄悄地来了
来到我的梦里
步也轻轻　语也轻轻
平和的笑容
依然是那样清纯甜蜜

我木然呆滞
没有欢欣　没有惊喜
连身子都没有动一动
眼都不曾眨一眨
只是嘴角一阵抽动
两行清泪潸然而落

日里见不到你

梦里你却来了

你　你啊你

你走了

你走了
走得并不匆忙
却未曾道别
哪怕是一声再见
也不曾留给我
你　就这样走了

过去了的
一切都不要再说
擦亮火柴　点燃一支烟
让心灵的孤独同时燃烧

给你

你不要说

你什么都不要说

既然你不再爱我

既然绝情的话已经说过

既然所有的希冀都已被撕得粉碎

你不要说

你什么都不要说

不要说

我曾经爱你

爱得深沉　爱得热烈

一次次把你的唇儿吻破

不要说

为了你些许的欢欣

我曾多少次冲出家门

风雪中闯荡奔波

更不要说

男人不曾轻弹的热泪

每一次都因你而落

你不要说

你什么都不要说

把该带走的都带走吧

只把痛苦留下

让我一个人慢慢咀嚼

写给妻

点燃孤独

飘起万缕相思

你在家中为我祈祷

我在远方与你相伴

生命之程既呈环形

我们又何必苦苦寻觅

吹一声口哨

打一个响指

任骄阳凌空

流云飞逝

问什么路在何方

只要走下去

脚下便是一片青翠

不再敢

不再敢爱
也不再敢恨了
被风雨打湿的心
已太沉重

把爱掏出来
无须细数
放在阴凉处晾一晾
把恨也掏出来
稍加清点
放在阳光下晒一晒
把七情六欲混在一起
细细搅拌
用晨露和清风调和
调得匀匀的

薄薄地摊在岩石上　晒干
让已沉落的心再飘升起来

人在旅途

太累了
真想停下来歇一歇
可又怕耽误了旅程

日复一日　年复一年
昼夜兼程地赶路
匆匆复匆匆

似乎前面有人在等
似乎前面有绝妙的佳境
背负着沉重的行囊
或匍匐　或爬行
挣扎着
死死地盯着下一段路程

待到筋疲力尽倒下时

伴一缕青烟飘起的

依然是缠绵不散的憧憬

蜗牛哥

不曾放言四海为家

却时时收起行囊

把家背在背上

不为开拓

不为征服

爬行的路上

也无更多的希冀

流连的是温馨

寻找的是清寂

放下沉重

让心里多了几分安逸

高扬的触角

时时感受着阳光与风雨

躲入家门的魂灵

鼓荡着　翻飞着
幻化出彩霞般的旗帜

风 雨 树

许是风见了树就兴奋
树见了风就轻狂
它们扭在一起
一阵狂舞之后
风悄然溜走
只留下树
孤单单地伫立在那里
所有的叶片都无奈地垂落

这时雨来了
也许它已深知树的孤独
用柔情轻轻地抚慰着每个叶片
用泪滋润着树干通体的沧桑
用雨滴洗刷着风留下的污浊

当阳光扑来的时候

树终于激动了

它默默地把根扎向大地

用根根血脉去追寻雨的踪迹

你是一只被放飞的风筝

你飞起来了
你扶摇直上了
你以为你是自由的

可蓝天是属于你的吗
你能飞多高多远呢
当你得意忘形摇头晃脑时
那根线在绷着　绷着

你落下了
落到了你不愿落
又不得不落的地方

你被那根线缠绕着
直缠得你的心

一阵阵惊悸

被抛到角落的你
依然期待着下一次放飞

陪伴孤独

灯光漫散

树影漫散

喧嚣了一天的城市

疲倦得静寂下来

漫散中　我茫然若失

不知走向何处

只是踏着自己的影子

一个人在街心散步

柏油路费脚

霓虹灯烦人

贼溜溜的出租车

一路仓皇

犹如被追缉的逃犯

就连爽爽的风

也不知惹谁了
竟让人生发出伪善的质疑

一个人散步
丢下的是酸楚
甩不掉的是孤独
容易忘记的却是
哪条是来路
哪条是归路
当面前不再有路的时候
我放开胆子
哼一曲不成调的歌
陪伴孤独

看魔术表演

人群中　他挤着
眯起双眼　细细地看
不是为了捧场
不是为了募钱
他只是看

看　睁大双眼
他使劲儿地看
他不说这里有鬼
他不说这里处处在遮掩
他只是看

待他把一切都看得分明
他不想喝彩声还没停下
便大喊一声跳出来

把这一切说穿

他只是在人群中

拨条小缝　慢慢挤出来

回头淡淡地一笑

离开人群　走得老远老远

辑三

梦开始的地方

信步

不要再去挤车
也不要再去抢座
挤扁的心在流泪滴血
抬起脚
走一段散散漫漫的路吧

即使脚下泥泞坎坷
即使头上飘着雨雪
即使骄阳似火
即使寒风凛冽
只要抬起的脚
听凭自己的选择
心就会轻松许多

活下去　并且要记住

我相信

世界是个谜

我相信

人生是个谜

我相信我不该相信的一切

我相信争斗

我相信利益

我相信交换

我更相信承诺

在我被欺骗的时候

我正用善意的谎言欺骗着别人

我昂首向天

展臂舒胸

宣示着我的善良

我的真诚

我的激情

我的爱

以及并不高大
却也顶天立地的灵魂

可低头俯视
我在问
我
我是什么
我究竟是什么
什么是我的支撑
什么是我的信仰
什么是我的追求
什么是我的依托

面对苍天人海
我一片茫然

什么都不要问了
什么都不要说了
活下去吧
并且要记住

不可与圣人比得

志于学时

倒是学了

该立时

并未立起什么

到了不惑年纪

困惑反倒多了起来

如今该知天命了

却整天地懵懂

不知究竟为什么活着

更不敢想

随心所欲的事了

翻来覆去地思量

才明白

那些都是圣人的经历

自己不过是个平凡者

比较使人痛苦

自娱产生快乐

既是平凡者

就不该再难为自己了

静一下心

多些平和

少些追索

既是平凡者

活得个乐乐呵呵

便是大得

无题

不管一本书多么厚重

不管一个人多么难懂

不管简单的事情变得多么复杂

也不管复杂的事情又被弄得多么朦胧

即使全世界都在破译的谜

被揭出谜底

也一定简单得让整个人类为之震惊

人是一种奇怪的物种

自我迷惑　自我欺骗

把简单的事情复杂化

让自己在复杂中接受煎熬的苦痛

不要再去东寻西找

也无须立起石头作为偶像

闭上眼睛　问一问自己
一切答案都在心中

难为自己

不知是两只脚把心拖回了家
还是心把身拖回了家
总之　身也累　心也累

做工的只是为工而累吗
务农的只是为农而累吗
为官为宦的
只是为那顶戴花翎而累吗

累总有着说不清的原因
能说清楚
谁还会累呢

身外的
就应该放在心外

为什么都偏偏挤来
让那颗鲜灵灵的心
承受着不堪承受的苦痛
说不清的
可以不再去说
可做不到的
为什么总要去做
难道难为自己
才是人随胎而来的本性

渴望安宁

我的心

是只吓破了胆的兔子

恐惧争吵　恐惧恫吓

甚至恐惧一切声音

只有向往　才是诱惑

在这个心不由己的世界上

面对着纷纷扰扰的喧嚣

它只能把耳朵紧紧贴在肩上

闭上眼

蜷在角落里

瑟缩

吸烟

男人最在意的

就是所谓的尊严和脸面

他们总以为自己是座山

不挺起来

就什么都不是

既担不得风雨

也诱不来女人的目光

长吁短叹

被男人看作是最丢脸的事

所以　一个个都装乎乎地叼起了香烟

吸进去　呼出来

再吸进来　再呼出去

就这样悄悄地缓缓地偷偷地

把长吁和短叹融入丝丝缕缕的烟雾

顺理成章地袅袅飘散

当抑郁让心沉重时
男人更是慢条斯理地
把烟狠狠狠狠地吸进去
再狠狠狠狠地呼出来
谁都不再介意
甚至连自己都忘记了
为什么吸烟

我想
如果真的没有抑郁
如果真的不是为了掩饰
如果长吁和短叹
不再有损男人的尊严
谁还会吸烟呢

守护泪水

女人的情感
总是化作泪流出
每一滴都是一颗珍珠

男人的肩头
一旦被这泪水打湿
便会追云逐月　担起山峦
跨过千条江河
也会不吁不喘

女人的泪　是金色的种子
一旦种在男人的心头
生长出的
就不只是春风和阳光

女人的泪　更是易于破碎的心
为此　男人一个个都忙碌起来
用血汗锻造出勇敢
举起心中的盾牌　去守护

这个人

一

读完最后一行
信被轻轻合上
烟熄了　又燃起
燃起了　又熄了

信又被打开
翻到最后一页
他闭上眼睛
嘴角抽搐了一下
突然　他把信撕得粉碎
又擦亮火柴　将碎片点燃
大滴大滴的泪
砸落了翻飞的纸灰

二

烟盒空了
他狠狠捻熄最后一个烟蒂
猛然站起 吸一口长气
咬咬牙 把心呕了出来
噗 吐在地上
又将它踩死

砰 门在身后关上
他走了 头也没回

三

他患了癌症
地地道道的不治之症
他离开家 来到一个僻静处
趁夜深人静 他摸出剪刀
自己动起了手术

沉甸甸的瘤被挖出来了

丝丝缕缕的脉被剪断了

血在流

可奇迹出现了

他的病好了

人们都说他胖了　发福了

可他什么也不说

只是咧着嘴

像在笑

魔鬼城

逛公园
逛进了魔鬼城
谁想到　一步踏进
再回头　为时已晚

抬起脚
落进沟坎
转身是无用的逃避
向前是无奈的勇敢
一边提着心
一边吊着胆
脚下踩的是薄冰
头上悬的是利剑
瞪大眼睛
看到的是狰狞

竖起耳朵

听到的是惨叫

即使双目紧闭

留下的依然是恐惧

捂上耳朵

扩张着的同样是震颤

所有毛孔同时张开

沁满冷汗

脚下一个磕绊

身子便扑向了阎罗

手一扶

却摸到了盘蛇

滚落的心

被踩在脚下

破碎的胆

四处散落

大口喘气的那条命

终于窜出洞口

吸一口长气

望一眼蓝天

没有后怕

也顾不得抱怨

只是庆幸

逃出了虚幻

回归了家园

拉上窗帘

夜幕再凝重

也遮不住闪烁的霓虹

风雨再轻

也总有喧嚣翻动

只有把窗帘拉起

才能把外界隔离

让心在家中歇息

拉上窗帘

如同闭上眼

静静地

让疲惫的神经

在宁静中恢复弹性

让心在安适中

重新飘起憧憬

拉开窗帘

拉开窗帘

夜匆匆逃走

梦被赤裸裸地晾在床上

黑暗中筹划的一切

已开始在阳光下演出

用良心引路

太阳不在的时候
只要良心在
暗夜里便有了火炬
既可照耀自己的前程
也可为后来者引路

良心若是灭了
漫漫生命之途
便处处都有危险

坐在窗前看天

点燃一支烟
坐在窗前
静静地看天

天被窗格分割着
一条一块的　成为玻璃的颜色
云不白　也不成朵
虽说是自由的
但因散散淡淡
失去了往日的浪漫
天蒙蒙的　既不透彻
也没鸟儿飞翔划过

被天压迫着的
是一幢幢拥挤的楼房

每幢楼房都睁着无数只眼

透过心的窗口

看天看云看太阳

窗边的人一次次放飞

比云和风更轻灵的期望

为了那份羞涩

不为别的
只为你那份羞涩
为你羞涩中涌动的那份清纯
为你飘上心头的红云
和红云中涌现的那份光彩
我也要为你鼓掌
为你干杯

秋雨已无数次淋过
连风都快要结冰了
你的心还在泛绿
还在为春而动
再凄凉的情怀
都会感到这融融的春光

也许正是你心中种下太阳
你的脸上才总是泛起红云

也许春风春水总是在你心头　吹拂荡漾
你才春心不老永远青春

心与心的对接
不需太多
只一瞬
便会成为永恒

梦开始的地方

梦开始的地方

已经荒芜

杂草上叠满硬币

闪烁的光

挤走芬芳

魇住的蜂蝶

枯叶般坠落

花不再开了

绿在委屈中退缩

梦失色了

生命不再有根

无根的生命

再也没了期望的光辉

不敢惊动的那片情

随风飘起
又被热泪打湿

瞩望黄昏

夕阳

是一颗心

光芒四射

在他将要坠落时

风　抑住呜咽

雨　按捺号啕

光芒收敛　辉煌沉寂

天空中所有的光彩

都默默聚拢

来为夕阳送行

为夕阳送行的

还有那不甘寂寞的灵魂

或凭栏或临窗

或盘坐在草地上

与牛羊一起

瞩望着黄昏

让心灵在震颤中奏响哀乐

附上流云　送去

一份份沉甸甸的祭奠

一个人喝酒

一个人喝酒

是用心喝

没有虚伪

没有勾兑

没有言不由衷的致意

自己举杯

把话说给自己

从心底发出

又回到心底

喝进去　点点滴滴都是真

吐了　也吐得扎实

喝酒是为了敞开心

如果不融进真诚

没有心参与

多少人凑在一起

也是多余

烦恼

所有的烦恼

都是"撑"出来的

都是酒足饭饱之后

再点燃一支烟

把欲望之蛇从洞中放出

让它们在黑暗中吞噬心

心被咀嚼着

烦恼便开始了

明明处于江湖

却总想居庙堂

明明生在地上

却总想步入天堂

已有爱妻相随

却总想与嫦娥幽会

不肯放弃那份尊严

又对猫洞狗洞钻出的发达

流着口水

拿不起　又放不下

来来去去地　锯着自己

让心流泪

流血

远离烦恼

天下地上只有一条路

那就是老老实实地做人

把不该想的不该要的一切

放弃

男人泪

男人的泪

是不轻易外流的

总是大滴大滴地

砸在自己的心上

即使流出来

也绝不轻易让人看见

侧转身　悄悄抹去

男人的泪

是银是金

是不肯舍弃的真诚与坚忍

悠闲

悠闲
是无忧地散步
是云
既不承雨
又不为风所迫
自由自在地游荡

辑四

西出阳关

写给老马

老马啊　老马
你这匹志在四野的老马
你这匹力及千里的老马
你这匹负荷沉重的老马
每次见到你
激情总在我胸中涌动

也许命运早已注定
也许一切都已既成
重轭已勒进肋骨
眼前还晃动着鞭影

也许你生来就该在崎岖中踏行
也许纵横八极驰骋万里
只是一种梦境

独来却也独往

一颗孤寂的心

伴着纷繁的憧憬

不管路程多么遥远

不管夜色多么凝重

也不管风多急　雨多猛

坎坷之后

依然又是一片泥泞

你挣扎着

拉着那架超载的车

咬着牙　一步一步

那坚毅　那执着

让懦弱者一睹之后

便终生变得勇敢坚定

该忏悔的早已忏悔

该付出的早已付出

即使不属于你的那份痛苦

你也都默默地承受着

面对你的沉默

面对你的执着

谁还能说什么呢

如果说苍天有眼风有情

那么你种下的血和汗水

就一定会生长出万丈光明

写给曲有源

一

春天里　你倾注激情
总是瓶底朝上
令才华横溢
倒提的　江河
一泻千里

当寒流袭来
你继续用酒燃烧激情
撑起正义
当激情燃烧
你又钻进冰窟
封闭所有毛孔

如今 你

心静如水

激情凝冰

面对天之浩渺

把所有的有形都变成了无形

把一切可感可视的都幻化为虚无

甚至把那颗并不椭圆的心

也掏出来 掰开 撕碎 研成末

敷在灵魂上

让风吹去

二

世界上最脆弱的

是未曾受过伤害的心

你能一步步走过来

是因为你的心已布满伤痕

心被脚踩过

面对风雨

还会恐惧吗

没有恐惧没有颤抖的心
即使血流尽了
一经被灵魂托起
也和旭日一样
冉冉而升

写给白光

两万五千里长脸
写满的严肃与愁苦
清楚地　告诉这世界
整个人类　等你拯救
沉重的大脑　如同
你腰间的那台相机
吊儿郎当　坠得你
摇摇晃晃

你嬉皮笑脸的样子
浸透着小弥沙的天真
与老和尚的世故
阴阳相隔　雕龙画凤
黑白之间　游戏人生

你一次次　灌醉了
隔壁老王　然后
悄悄溜进他的卧室
在橘红色的灯光下
一个人　静静地
自娱自乐

你开始游走天下
让人疑惑的是
无论你走到哪里
同住的　为什么
都是隔壁老王
而不是他的太太

12 月 28 日寄友人

今天这个日子

极其特殊

特殊得

让每个思念你的人

都刻骨铭心

北国的天气

就是这样极冷极冷

一直冷到北极

绕欧美转了一圈

直把南极

冻成冰天雪地

让每个鲜活的生命

都体会到顽强与不屈

六角雪花不同三角梅

没了寒冷

它便融入了泥土

让生命的根

抱住大地

雪花在寒冷中

期待阳光

谁敢说这是欺骗

写给吕贵品

今天，我才明白
长白山天池之水
为什么不生长鱼类
偏从那豁口流出
肥沃了三江平原

原来，长白山是一脉天龙
天池是它的子宫
你命在天羊，入水成龙
那汪汪之水
为你而生

三万年蛰伏你吸精纳萃
一朝分娩跃然凌空
用阳光汇就的微笑

给这世界以温暖

你剔透玲珑魂魄生风
脉脉泉涌点点晶莹
你拙你淡你空
你一切的一切
都如水如冰

天赐贵品
让男人更男人
雄壮而威武
你挥洒的诗情
滴滴点点漫天飞舞
风情万种穿越时空

写给王小妮

也许　前世

你已精挑细选

用心　收藏了整个世界

如今　面对现世浮华

你淡定如禅

你把所有目光

都聚拢来　回观自在

悉心欣赏和把玩着

前世收藏的珍品

受想行识

而后　用修得的空灵

放飞一群群信鸽

把这世界的真谛

告诉人们

云淡风轻

流淌着丝丝暖阳

让大地回春

淡淡的微笑

也让自己　宁静成一尊雕像

简洁而清新

写给徐敬亚

也许　你生来
就傲立云头
心骛八极　目空万里
指天画地　扬眉吐气

也许　你生来
就踏顶登峰　居高临下
似乎　随便撒泡尿
便一泻千里　汪洋恣肆

也许　你真的
就是一锅煮沸的大海
每朵飞溅的浪花
都划出一道长虹
辉映生命的壮丽

其实你已经很厉害

因为你知道

你是从哪里来

又要到哪里去

面对旅途的风光

只不过

逢场作戏

写给邹进

一只大鸟

赤足　朱喙　锦羽

衔一枚赤子之心

从森林　飞向天空

太阳是你永远的巢穴

在那里　你用生命

孵化诗篇　然后

将它们放飞

让满天星斗　骤然闪烁

万里长空　锦绣铺张

待霞光一片片着落

大地满是鲜花

有清风徐来

花海如潮　波翻浪卷

一群群大鸟

扇动着书页般的翅膀

腾空而起　翻飞盘旋

让心灵之空

光彩斑斓

家
—— 写给妻

离开父母

便开始了漂泊

开始了孤独

开始了风里雨里的行程

共同的期望和梦想

使我们

有了这个家

家　是我们携手撑起的一把伞

挡风　挡雨　也挡烈日

相依相偎中

让两颗心贴在一起

家　是我们同生同息的港湾

进　我们划动小船

去试征大海

退　我们悄然而归

静守安宁的生活

家　是我们用心血和汗水滋养的大树

浓荫覆盖的绿地上

一双儿女

在花丛中追逐着蜂蝶

家　更是心的栖所

被伤害了　在这里修复

被惊吓了　在这里平和

跳动在家中的心

轻松而活泼

安然而快乐

家如果是温暖的

幸福之花便永远开放

朋友

朋友　是人生的挂杖

是我即将倒下时的全部支撑

当失败

击得我遍体鳞伤　跌跌撞撞

为生存而逃亡时

你　大踏步走来

义无反顾地扶起我

一步步　走向平安

朋友是敞开的胸膛

是挺起的肩头

当忧郁和苦闷

从四面八方袭来

挤压得我无法喘息时

我扑向你

撕开抑郁　放声大哭

让大滴大滴的泪

打湿你的衣襟

朋友是眼老井

是沧桑历尽的潭湖

星光下我如涓涓溪流

将剪不断理还乱的种种隐秘

缓缓地　静静地

向你倾注

朋友是连心的五指

是生死共赴的同盟

即使我因罪孽而仓皇

你也绝不会为万金悬赏而心动

只能在黑暗中　用泣血的声音

一遍遍　呼唤我的良心

当绝望拖着我坠向深渊

你伸出的手　紧紧把我抓住

宁肯筋骨断裂

也绝不放弃

这就是朋友
这就是责任
这就是不可逃避的牵挂
在这惶惶恐恐的世界上
只要有朋友在
人就不会走上绝路

儿子今天十八岁

十八岁

不再是嫩蕊娇花的季节

不再是风铃摇荡的时光

对于男人

十八岁　该是顶天立地的年龄

撑一片绿荫

种一畦芬芳

繁衍万缕生息

人生漫漫征程

起跑从今天开始

十八岁

不该再顾盼父母的目光

不该再沉湎于家庭的温床

放飞心灵的信鸽

张开梦幻的翅膀

用成熟的肩头

去抵御生活的风霜

撕一片云

准能拧出湿漉漉的希望

挽一缕风

定会滤得干爽爽的清凉

即使是雪地冰天

也定会让你领略到大自然的粗犷与豪放

寒窗苦读的艰辛

收获的绝不只是题名的金榜

人生的全部感悟

都源于年轻时的积累与收藏

不要忘记

今天是你的生日

十八岁　新的人生之程既已开始

来　举起酒杯　斟满期望

老爸为你饯行

一颗心就是一个世界

—— 为杜鹃的《一花一世界》作

这就是一颗心
这就是一个世界
这就是包容着全部真善美
冉冉升起的灵魂

飘散着的
聚集成云
流淌着的
汇聚成风
摧岩裂岸的惊涛
化作通向天国的彩虹
丝丝缕缕　纷纷扬扬的情
真真灼灼　诚诚挚挚的爱

洒满这世界

洒满这人间

瞬间

又在这里集合

凝固成一朵赤红的花

写诗的

在这里读到诗

作画的

在这里看到画

演奏交响的

在这里捕捉到动人音符

即使种田人

也能在这里看到田园的美丽

这就是一颗心

一个生长着的

年轻而美丽的灵魂

撒哈拉　你也心痛

嗬　撒哈拉

神奇的撒哈拉

你神奇得

让一切贫瘠的思维都充满幻想

让一切可以想象的空间都荡漾芬芳

每一粒沙尘都闪烁着神奇

每一寸阳光都幻化成虹桥殿堂

埋下一滴泪

滋润着善良

种下一颗心

生长出一轮太阳

洒下爱和汗水

漫漫黄沙过后

便泛起碧浪

青天白日　碧草红花

泉水淙淙　黄莺鸣唱

一切美好的灵魂

都犹如五彩缤纷的音符

在盎然的春意中翱翔

我们的三毛

就是在这样的憧憬中

揣着脆生生的童心

伴着叮咚的音符

用阳光沙砾和幻想

在无边的大漠中

筑造着我们共同的理想

嗬　撒哈拉

残忍的撒哈拉

你残忍得

让无论多么坚强的人都为之惊惧

让一切飞扬的灵魂纷纷折落羽翼

掀天揭地的飞沙

犹如列队排阵的死神

挟着创世纪的狂风

狰狞着　呼啸着

从远古杀来

一切声音被压抑着

一切生命被禁锢着

天和地无穷地翻覆

使一切生命和绿色

被揉成一摊褐黄苍凉的细沙

又纷纷扬扬地搅起

三毛　我们共同的三毛

和她用心拓出的那片绿色

消失了

消失了

虽然不是永远

但我们每个还能睁开眼睛的人

都为之阵阵心痛

撒哈拉　令人憎恶的撒哈拉

虽然我与你不曾相识

但是　因为三毛

我恨你

我恨你旋起的风沙迷蒙了灵魂

我恨你搅动的尘暴混沌了憧憬

我恨你把三毛吞噬得没了踪影

我恨你使无数断肠人顿足捶胸永远心痛

三毛没了

景仰三毛的人

在撒哈拉的名字下相聚

三毛没了

撒哈拉也像失去了灵魂

惶然落魄　疯野狂奔

在远离撒哈拉的地方

我呼唤着三毛的名字

当我把沙尘扬向天空的一瞬

我忽然明白

撒哈拉啊

失去绿色的撒哈拉

没了三毛

你也心痛

李白醉酒

也许西天的那片辉煌

正是因为残阳坠落

也许斗转星移

辉映的不只是九天长河

也许灵魂无依

飘零中又多了几分落魄

也许路到尽头

坎坷之后依然坎坷

踏着夕阳

拄着青山

在晚风的搀扶下

你蹒跚而来

你来了

摇摇晃晃地来了

醉倒在我的身旁

我惊诧愕然
你怎么会醉呢
豪饮日月的是你
气吞山河的是你
指天画地的是你
嬉笑怒骂皆成诗篇的还是你
你怎么能醉呢
你的海量　你的豪气　你的狂狷
怎能让我相信你会醉呢

可是　你真的醉了
醉倒在夕阳下
醉倒在这默默的沉寂中
天子不再呼唤你
高力士不再为你脱靴
杨贵妃也不再望着你　倚栏而笑
就连你自己也不再狂呼乱叫自诩酒中之仙
你醉了　伏倒在那个伴你终生的酒瓮旁

醉成了　一摊烂泥

望着你的醉态
我搀也不是　扶也不是
双手颤颤　不知落向何处
只有大滴大滴的泪砸在心上
你醉了　你真的醉了
面对着险象环生的宦海
面对着茫茫的人生之路

尽管你自称狂人
自信为天生之材
尽管你胸怀壮思
直挂云帆济沧海
尽管你情及潭水
亲情友情乡情万丈
可当你直面前程时
欲渡黄河冰塞川
将登太行雪满山
天长地远魂飞苦

梦魂不到关山难

你还想什么呢

你还说什么呢

哪条路属于你呢

你千呼万唤

你停杯投箸

你拔剑四顾

你抽刀断水

可又有什么用呢

即使你想散发弄舟

一生好入名山游

可你恋乡恋水恋故人的那股情

又怎能割得了断得了呢

万般无奈的煎熬

熬出了你的大彻大悟

熬出了饮酒留名的大道

从此　你不再介意斗酒十千　珍馐万钱

甚至牵出五花马　脱下千金裘

呼儿将出换美酒

与天地清风

一道

共销那万古长愁

你醉了　醉得一塌糊涂

可我理解你啊

理解你的情

理解你的心

理解你

被无奈浸透的整个生命

你醉了　你睡了

人说　醉了便没了痛苦

睡了　便进入了虚无

可你　你的心

为什么偏偏醒着

让千秋万代的来者

不得安宁

睡吧　我的朋友

睡吧　我的诗兄

我守着你　我们守着你

不只是为你落泪

更为你祈祷黎明

西出阳关

西出阳关

见着见不着故人

酒总是要喝的

即使没有葡萄美酒

也须以夜光杯为盏

为的是想起

那些醉卧沙场的将士

和那几位侠肝义胆酣畅淋漓的诗人

西出阳关

一抬眼

便满目苍凉

白云间扯下的那条黄河

依然日流夜淌

万仞山下的那座孤城

空守着千般寂寥

大漠的万缕孤烟

从远古飘起

飘了千年万年

已不再直了

长河的落日

被浊浪涌着

浑浑中　也见不到圆了

杨柳已无心过问

羌笛是否曾经怨过

只是一门子心思地苦长

直长得细长细长

大漠苍凉

苍凉覆盖着苍凉

如同贫血的脸

涂上了清冷的月色

在这里

云不见了

雨不见了

鸣沙山的飞沙不再鸣唱

月牙泉的泉水不见流淌

就连冷清清的雪都逃逸了

只剩下惶惶恐恐的风

四处流窜

不时扬起的黄沙

在天地间弥漫

莫高窟的佛们

也耐不住刀割似的寂寞

用飞天的风姿

引来了域内域外的游客

让洋人和国人的祈祷

一起缠上那几棵古榆

在风中摇曳

苍凉不能永远只生长苍凉

胡杨树千年不死

死后千年不倒

倒后千年不朽的倔强

隐隐约约

承载着这里的希望

青藏高原

这里的天　才是真正的天
蓝得让心灵都澄澈
这里的云　是圣人的灵魂
纯净而悠然
大地铺满黄花
流金般泛着波澜

也许因佛光普照
也许因离天堂不远
这里的牛羊
都没有疲惫的感觉
漫步于茫茫翠草
时而面对黄花沉想
千里万里赶来的游客
尽管征尘满衣

心却轻松许多

天堂自在高处

欲试登临

这里是最后一程

人为什么要哭呢

少时　一直弄不明白

人为什么要哭呢

委屈了　就说出来

痛苦了　就呻吟几声

哀伤　就长一声短一声地

叹几口气

实在受不了了

就喊几声　叫几声　甚至骂几声

为什么要哭呢

还流出泪来

泪是比血还珍贵的

老了　明白了

可泪　已经没了
哭　也不再让人看见

由"非典"想到的

一

宠物是没有家的
即使被人抱在怀里
灵魂依然拖着心
流浪

二

翅膀被关在笼子里
蓝天便如敲碎的玻璃
刺痛的是心
流淌着的
是凄厉的哀鸣

三

动物园是个大监狱
来来往往的看客
看到的
是皮毛的斑斓
忘记的
却是被囚禁的心

四

当森林和绿草
潮水般退却时
一步步向我们涌来的
就是沙尘瓦砾和病毒

五

犬欺平阳猛虎

不仅仅是虎的悲哀

更是世道的凄凉

把误入浅滩的游龙

送归大海

人类的心灵

才能在充盈中找到归宿

不愿意看落日

看惯了旭日朝霞
看惯了晴空丽日
也反反复复看过乌云遮日
但无论怎样
我都不愿意看落日

看落日
心总是一揪一揪的

落日默默　默默地向下坠去
直到被黑暗淹没
心　一颤一颤　几近被揪出来
晚霞漫漫　如血
半边天空　红成一片
为落日送行

我不愿意看落日
即使以再美的江山为背景
我也不愿意看到这一幕

梦话

白天不敢说的话
就留给夜吧
夜再黑　总有梦陪伴

梦里的话
是个光屁股的孩子
真真实实　可亲可爱
高兴了　就咯咯地笑
愤怒了　就骂几声
见到不平就理论一番
不用察言观色
不用时时警惕
就是妄议了
也没人追究

梦里说话真好

真自由

多想一直沉浸在梦里

悬浮

云悬浮着
气球悬浮着
同气球一样　游来荡去的心
悬浮着

悬浮的云
总有一天落地为雨
被风吹来吹去的气球也是
不管飘多远
终有破碎的那一瞬
至于落到哪里
就难说了

心就不同了
太多的向往　让它

既升不了天
又不肯落于地上
像一个没家的孩子
在茫然的流浪中
负载着无奈与痛苦
游来荡去　游来荡去

心中有你

不是因为高大

不是因为才华

只因你站上了人类的巅峰

用死亡祭奠了灵魂

才让无数追寻者

在心中矗起丰碑

谁都不会忘记你的眼神

犀利如剑　穿云破雾

横扫一切谎言

而你的微笑

却是一朵不败的玫瑰

朵朵花瓣间闪动着阳光

让爱与悲悯

滋养出无数微笑

你宽恕和包容着整个世界
让一切追寻灵魂的脚步
在踏破泥泞和坎坷中
自由自在 迈向坦途

你的死 终于
坚如磐石地告诉我
灵魂可以不灭
死亡便是永生

明天

明天

明天还会再来吗

假如没了明天

生命的时钟

将在旋转轮回中

骤然而止

太阳不再升起

心　在挣扎中沉沦

绝望　比被五马分尸和凌迟

更为痛苦

为了明天　为了希望

人们还有什么可顾忌的呢

缘分

被需要是一种缘分
缘分尽了
即使竭尽全力
也无济于事

续缘　是在缝补心
一针一线　都滴着血
功夫越大　痛苦越深

天要下雨
娘要嫁人
任由其去
也许是最好的选择

远离天堂

人间的事儿

经历了几十年

知道了大概

而天堂在哪儿　咋个模样

却一无所知

我绞尽脑汁　使劲儿猜想

却怎么也想不出轮廓

它不像地狱

离人间很近　跺一跺脚

就能惊动阎王

天堂离人间真的很远

至少隔着天

登天登不了　想知道天堂什么模样

只能靠做梦了

梦想的天堂
跟猜想的天堂
根本就不是一回事
猜的　还靠点谱
梦的　便全是假的了

所以　我还是决定
梦想的天堂　远离为好

忧天

外面的雨真大
大得我都有些怕了
怕天真的漏了
漏着漏着　就塌了
怕地也真的陷了
让整个世界沦落

天塌地陷是大事情
怕了　　也没人笑话
可忧天的杞人
却被人笑了两千年

不忧天的人总该忧忧地吧
不忧地的人
也总该忧忧生灵万物吧

连生灵万物都不忧不悯的人

总该忧忧自己吧

连自己都不忧不悯的人

他头上的那块天

真的就要塌了

时令五首

打春

七九河开
八九雁来
春总是急匆匆地
在它们之前跑来
似乎是为了春天的节日
赶来听一听响彻大地的鞭炮声
或抢一副妙语生花的春联
也或许是怕河开之后
江南江北的桥断了
误了暖洋洋的时节

兴冲冲的春
总是那么欢快

见什么爱什么

撩撩柳条　抚抚小草

连人的额头也要去摸一摸

为的是给人一点阳气

让一颗颗冻僵的心

再缓缓地活过来

惊蛰

听得听不得那声声鸦叫

春总是要来的

雷声也总要响起来

可总觉得春回大地

没那声声鸦叫

像是缺点什么

忘不了　儿时

荒川沃野间

铺天盖地的鸦群

黑压压　一片连着一片

在天地间翻飞盘旋

搅起一阵阵冲天黑浪

就是在这一天

千万张被冬天冻住的嘴

骤然张开

用嘶哑声呼叫着鸣唱着

宛如訇然而起的交响

使所有的冬眠者

在呼唤中缓缓醒来

如今　没了这鸦群的声声呼叫

我在想

是不是所有的冬眠者都能结束冬眠呢

春分

春就春呗　分什么初春暮春

分来分去不都是一个"春"字吗
绿起来就是了

春是最容易闹起来的
花在枝头上闹
蜂蝶在花间闹
柳浪在风中闹
可不管怎么闹
都得有雨的参与
没它　旱魃便来逞能了
直闹得老百姓在春中都慌了起来

关东这个地方
只有雨来闹一闹
春才能浪漫起来

清明

一

清明到了　却未见清明
不是说世事
也不是说心境
只是这天气
阴沉沉的
雪裹着雨　雨扯着风
沥沥拉拉的
让人心烦

烦就不要看天了
瞅一眼树吧
毕竟时令到了
树梢总会绿起来的

二

清明的雨
确实是为亡魂落的
说是纷纷
却总是淅淅沥沥
既不慷慨　也不大方
不如坟头飘起的那几页黄纸
让祖上慰藉

天倒是把脸拉得老长老长
阴沉着
似乎没了阳光
阴间和阳间便没了区别
便可以自由自在地对话了
可以把生和死　人和鬼的距离
都拉近些

如果真是这样

雨便显得多余了
只有老天的这张脸
就足够了

谷雨

谷雨
你真的只是为谷而雨吗
你空灵飘忽
你晶莹剔透

尽管柔弱纤小
可冬冻不死你
雪封不住你
即使是夏的热烈
也无法将你诱惑

你只看中了春天

干涸的土地
干枯的枝条
冰封雪冻的灵魂
都期待着你的滋润

你来了
挽着春风来了
将点点滴滴的绿
丝丝缕缕的绿
抹上了柳梢
抹上了春草
一直抹到人的心里

当一切都绿起来时
你悄悄地躲开了
躲进露珠里
甜甜地笑着

辑五

闲言碎语

闲言碎语

1

诗是跳出的心
心是藏起的诗

2

灵魂的翅膀一经折断
人的一切便开始坠落

3

云淡而高　风清而远
心因失却了纯洁而沉重

4

当你闭目遐想时
你的心便高远了

5

系于功利的魂灵
是飘升不起的风筝

6

容不得别人的过错
是因为自己的过错太多

7

道路若是泥泞的
哪一张鞋底会是干净的呢

8

没有阴影的心灵
是一轮爱光普照的太阳

9

仇视　嫉妒　羡慕和崇拜一样
都是把命运交给别人

10

怨恨
对自己是摧残
对别人是伤害

11

功名利禄耗却的生命
是无成功可言的

12

佛是人的一部分
仰视他就是仰视你自己
朝拜他就是朝拜你自己

13

放弃邪恶
同样是一种施舍

14

功利是藏于心头的一把刀
随时划出血淋淋的是非

15

平和的心之间
最容易架起沟通的桥梁

16

在生活的雨雾中
哪里有爱
哪里就飞起彩虹

17

揭穿别人的虚伪并不困难
承认自己的虚伪则特别需要勇气

18

铜钱压在心上
只一枚
便让人一生都透不过气来

19

把爱种在心里

生长出来的一定是阳光

20

被物欲掏空的心
用什么来填补才能充实

21

给予别人的越多
剩给自己的也越多
无论快乐还是烦恼

22

心灵与太阳的对话
只有开始　没有结束

23

在心灵的空地上
多种一棵菩提
生命就多一片绿色

24

菩提树结出的果
是一只只飞翔的鸽子

25

有时菩提树不结果实
只生长阳光

26

真善美是菩提树生长的沃土
也是菩提结出的果实

27

已轻浮起来的时代
还会凝重吗

28

一个人立言立行虑及子孙
祸患便离他而去了

29

心里长满快乐的人
面对一切都会微笑

30

快乐是心灵饲养的鸽子
只有用善良才能放飞

31

贪恋物欲
是因为灵魂贫穷

32

说别人单纯是颂扬
说自己单纯是欺骗

33

播种善良
过程就是全部

34

恐惧死亡
是对生的眷恋

35

执着就是沉迷
觉悟就是放弃

36

多站在别人的角度想一想
自己的苦恼就少了

37

用是非之心去辩论是非
只能越辩越糊涂

38

正直之所以长久
是因为它与道相通

39

自尊是以尊人开始
妄自尊大
显示的只是卑微

40

用挑剔的目光看待别人
你就很难客观地检讨自己

41

聪明的人
不去看别人的缺点
却注意自己的过失

42

张扬别人的毛病

等于张贴自己的罪恶

43

心如果是平等的
一切差距都可以弥补

44

居功自傲
罪过便开始了

45

有之以为利　无之以为用
空是无限的造化

46

生命的定律是

以有常之心对无常之事

47

水静则清

水激则浊

空寂让人心境高远

48

退一步

是为了给自己和别人

都留有余地

49

人应守常以恒

任何膨胀的欲望都将生长罪恶

50

不经过牺牲和悲壮
人将无法走向崇高

51

心里洒满阳光
眼里才花团锦簇

52

有什么比相互欣赏
更能让两个人同时惬意的呢

53

常常为自己庆幸
心里就常常快乐

54

踏实的人
才能让别人踏实

55

对任何人的伤害
都是对自己的伤害

56

费心猜测别人的想法
最容易误了自己的前程

57

如果你不去欺骗别人
别人也不会欺骗你

58

谦逊一旦缺少尊严
便令人感到下贱

59

人生是一出无脚本的大戏
没有排练 只有演出

60

放纵欲望
就是放纵罪恶

61

如果自己不能成为自己的偶像
对任何偶像的崇拜都显得轻浮

62

走进心灵
比走进任何家门都来得温暖而亲切

63

孤独是一种充实
它把无限的空间留给思考

64

洒满阳光的心灵
永远只生长快乐

65

平凡有一万种方式
而伟大却大同小异

66

嫉妒是阳光照不到的心灵角落生出的霉菌

67

指望别人
是对自己的一种放弃

68

祈祷
是对心灵的一种自慰

69

诅咒
只能使诅咒者陷入痛苦

70

尊重和理解
是人与人交往最平坦的通道

71

无论谁的泪水
永远只是为自己而流

72

在意别人的感受
便是对自己的尊重

73

不忍踩死蝼蚁
为的是不使心灵生出残忍

74

不讲良心的人
却常常用良心来招摇

75

最险恶的用心
往往潜在最夸张的笑里

76

被幻想陶醉的人
往往被现实所冷落

77

心灵在静怡恬淡时
便放飞快乐的鸽子

78

焦灼浮躁

往往使心灵失却着落

79

恭维其实是一种贿赂

一种公开进行着的利益交易

80

幽默是智慧的花朵

81

容忍邪恶

是对善良犯罪

82

爱惜自己最有效的方式
就是矫正自己

83

故意受骗
比骗子的居心更险恶

84

冷言比拳头更伤人

85

没有行动的誓言
同样是一种欺骗

86

宽容对别人是理解
对自己则是放纵

87

人逢窄路侧一下身子
路便宽了

88

装腔作势
其实是耍弄自己

89

让自己尴尬是肚量
使别人尴尬是罪过

90

怀疑别人
常常是因为自己心虚

91

同情别人
正是可怜自己

92

大海为什么这样深沉这样蓝
因为它的怀里抱着天

93

云说我是自由的
风说我是你的主人

94

不管陆地上盛开着怎样的理想之花
鱼只能在水中找到自由和希望

95

当浪花将自由寄托给沙滩时
它的歌声便消失了

96

浪花是腾起的大海
大海是摇荡的浪花

97

当你不顾一切地想显露你的名字时
你的心便被玷污了

98

被功利坠住眼皮的人
永远看不到心灵的希望

99

把病死的羊说成是狼吃的
人们对狼的认识便模糊了

100

当你背对阳光时
你看到的只会是自己的影子

101

云只有落到地上时
才有了根基

102

追求的力量是巨大的
因而目标的选择就更应该谨慎

103

人能征服自己才能征服世界

104

当你用金钱衡量灵魂的价值时
你的人格便被出卖了

105

当你把虚荣的桂冠戴在了头上
罪恶的阴影便罩在了你的心上

106

充实的头低下去并不见得低贱
空虚的头昂起来更会显出无知

107

再钝的刀也能割断喉咙
最锋利的剑也斩不断思想

108

老实岂止无用
骗子那罪恶的手
就是借它伸出

109

谣言是一支怪箭
不管你把它射向哪里

最终它总是把你自己射伤

110

当一个人的灵魂失落时
寻得的一切 依然是茫然

111

自我改造是痛苦的
因为那是对灵魂的磨砺

112

世界包容着无数颗心
一颗心却收藏着整个世界

113

狐狸给狍子讲的故事

总是教它怎样诚实

114

向日葵从太阳那里得到了满足
它便向大地低下了头

115

黑暗中手持火把的人
并不一定是要把人们引向光明

116

凡是赏赐的
大都是锁链

117

爱如果是被动说出的

那将是憎恨的开始

118

思想如果像风一样自由
历史的风车将会转动得更快

119

当你用心吻着这世界
你还需要向它表白吗

120

挤出来的笑
比泪水更苦涩

121

如果思想是按模子制造的

它便可以像商品一样被出卖

122

名利的方砖只能砌造坟墓
却无法铸造灵魂

123

当真理被权力拘捕时
喉咙也是沙哑的

124

野心一旦占据了良心
空虚和罪恶便笼罩了你

125

当你把自己解脱之后

你为什么又去束缚别人

126

智慧犹如云朵
只有在阳光的温暖下
才会走向辉煌

127

幸福是害羞的少女
只接受勇敢者的拥抱

128

用心筑巢
用血饲养
快乐一旦放飞
衔回的必是阳光

129

主动接受的痛苦
即使痛还在
苦却没了

130

大踏步走向死亡
是人生最彻底的勇敢

131

所有的启蒙教育
都应该从感激开始

132

当一切都放肆时
捍卫自己最有效的方式

就是守住良心

133

人生如果没有梦境可寻
那还算是人生吗

134

痛苦是看不见的
但它总是和心在一起

135

不管乌云怎样忙碌
封锁阳光的企图
终会落空